KB121998

오월 아지랑이를 보다

오월 아지랑이를 보다

강상기 시선집

ㅁ창비
Media Changbi

차례

제1부

제2부

제3부

제1부

순례자

나는 걸었다
끝없는 길
어디로 연결된 것인지
가도 가도 길이어서
너무 피곤하고 힘들어,
쉼표로 걸었다
그래도 살아 있다는 것이 좋구나!
느낌표로 걸었다
뭐가 중요하지?
물음표로 걸었다
마침내 길 끝에도 길이 있어
줄임표로 걸었다……
나의 따옴표 속에는
"사랑 길 따라 걸었다"
괄호 속에 갇히기 전에

파도

돼지떼여,

돼지떼여,

저 무수한 돼지떼여

검정 돼지떼여

서로 몸을 비벼대면서

비벼대면서

꿈틀꿈틀 기어가는

돼지떼여

구도

바위 같은 무거운 침묵과 어둠이
황폐한 땅을 덮는다.

장님은 돌아갈 지팡이를 잃고
귀와 혀를 빼앗긴 사람들이
어둠 속에 돌아눕는다.

여기는
피를 흘리며 달아나는 사나이와
그 뒤를 쫓는 그림자가 있다.

화전민

나는 이 세상에 불을 지르러 왔다.

잔솔밭에 타오르는 연기

억새며
가시덤불이며

저 모조리 타버리고 남은 잿바닥을 갈아
나는 새 씨앗을 뿌리러 왔다.

빈 터

붉은 넝마조각의 태양이
서편 하늘에 걸려 있다.

헐벗은 나뭇가지에 내려앉은 까마귀
까악까악 어디론가 사라져간다.

동네 아이들이 지껄인 낱말들이
아직도 머뭇거리고 있는 자리에
바람에 몰린 휴지들의 음모가 바스락거리고

여기저기
자갈들이 한 무리의 새떼가 되어
제 보금자리로 날아가고 싶은 표정으로 움츠리고 있다.
공복을 참기 어려운 찌그러진 공과 깡통이
다가오는 어둠을 걱정하고
해묵은 뼈로 막대기가 누워 있다.

어둠과 함께 종소리 내려앉을 때

한 시대를 통곡하고 싶은 마음으로
바람은 분다.

헐벗은 나무

노리끼리한 서구풍의 억새풀 밑에서
나는 녹슨 탄피의 쇳물을 먹고 자랐다.

돌밭의 고뇌를 딛고
나는 배고픔과 추위 속에 서 있다.

안으로 체험을 불러모으는 눈을 들어
그 머언 하늘을 바라보며
새로운 외침소리를 듣는다.

아직은 내 앞에 나타나지 않은 금나비떼,
수숫잎이 서그르르 나부끼는 소리 들려오는
쓸쓸한 벌판 한쪽

침묵의 포로가 되어 전신을 떨며
나의 울분은 기다림으로 바뀌어 있다.

생활

요 며칠 날씨 흐리고 바람 차더니
잎 진 나뭇가지 사이로 흐린 하늘만 걸쳐 있더니

오늘 소설에 차겁게
진눈깨비 내리는 속을
내 서른두 해의 젊음이 진흙길을 밟으며 가고

잠든 딸아이의
이마를 짚어보는 아내의
근심스런 마음 밖으로
노오란 외등이 켜지는 저녁

서러울 것도 없는 밥벌이의 추위에
부어오른 성대를 염려하면서
오늘 하루도 내 가슴은 더웠다.

겨울 저녁

시내버스 유리창에 광고처럼 달라붙은 얼굴들.

몇 그램의 행복을 찾아
아침에 집을 나온 그들이
저녁에 영혼을 잃고 실려가고 있다.

회개하라, 천국이 가까웠나니……
귓전을 스치는 구세군의 금빛 허무.
눈발 흩날리는 속을,
눈 내리는 삶의 쇠사슬을 두른 타이어가
쓸쓸하게 달리는 세상.

항시 밤늦게 귀가하면
바람벽에 걸린 캘린더의 인기 여배우
간지러운 미소
그 적막한 위로 속에
내 가슴 속 남은 그리움을 태운다.

불귀(不歸)

어둠 속 가로등처럼 불그레 달아오른 나의 얼굴 개나리 진달래가 피었대서 목련이 흐드러지게 피었대서가 아니다 집 나올 때 딸년에게 주지 못한 책값 과자 사와! 귓전에 맴도는 어린 아들 녀석의 목소리 천지에 온갖 꽃들이 다시 피어나도 감격이 없는 생계가 두렵다

밤 깊도록 나는 소주잔만 비우고 있다 이제 더 이상 돈이 되지 못하는 나의 인생을 아내여, 기다리지 말아다오 이 밤 마음이나 희게 닦고 그림자를 앞세워 소요하는 것은 아니다 지갑 속의 가족사진을 꺼내 보면서 나는 우는지 웃는지 아직은 노래방의 울분이 있고 여자의 울음 같은 웃음소리, 더 많은 술을 위해서 더 많은 주정의 아픔을 위해서 이 밤 달은 휘영청 높다

멀리 달빛 속에 떠오르는 식솔들의 모습, 최루가스 자욱한 연기 속으로 뛰어들던 분노도 없이, 직장 안에서 행복한 번민을 하던 때나 그리워하면서 무능하게 술잔만 기울이고 있는 나를 아내여, 제발 기다리지 말아다오

비굴한 내 자존이 수치스럽게 드러나는 밤이다 고층빌딩 숲 너머로 달이 빠지고 나의 주정은 가로수 밑에 누워 있는데 신문지에 덮인 나의 새벽은 온다

심인(尋人)

내가 나를 잊고 버리며
시 쓴다는 사람들이 산다는 동네에 살아
훌쩍 이십몇 년이 지나가고
나는 과연 어디에 있는가

한국의 서울 태평로
너무 오래 춥고 배고픔을 참지 못해
나의 똥과 피의 주머니는 여기 있나니

친구 사무실 이층 창밖
서소문으로 트인 길
육교 위로 영혼의 그림자들
그 아래로 강물 같은 문명의 흐름을 보며

저 하잘것없는 것
업신여기는 마음으로
나는 나를 찾아야 한다.

가을 가까이 내리는 비

가을 가까이
어두운 밤 열 시 넘어
등나무 잎새에 수런대는 빗소리.

매양 밤늦게 귀가하는
나의 밥벌이에
아내는 가슴 아픈 평안 속에 잠들고
혼자서 듣는 한밤의 빗소리.

살아남기 위한 몸짓을 하기에
나는 가슴 들먹였고
바보스럽게 웃으며
하하 살아왔다.

이 밤도 비 내리는 골목을
술 취해 흔들흔들 돌아가고 있을
또, 한 사나이의 모습을
베개를 적시는 나의 서러움으로 본다.

가을 가까이

어두운 밤 열 시 넘어

귀에 내려앉는 스산한 빗소리.

초승달

검은 커튼 사이
찢어진 불빛

보채는 아이의
빈 숟가락

닳은 바지에 드러난
가장의 무릎

방바닥 한쪽에 좌초한
아내의 목선

이를 지켜보는
애꾸의 실눈

할아버지와 함께

여섯 살 된 어느 해였다.
하이얀 억새 서걱이는 소리와
나뭇잎들 몸 부비는 소리 들리는 해질 무렵의 언덕 위에
할아버지는 나의 손목을 잡고 서 계셨다.

상기야……
나는 대답 대신 할아버지의 얼굴을 바라보았다.
너, 할아버지 죽으면 좋겠냐?
아니……

할아버지의 눈물 어린 눈주름 위에
황혼이 비칠 때
분명히 할아버지는 깊은 이해력으로
황혼의 그림자가 점차 넓어지고 깊어지는 것을 보셨을까.

몇십 년 몇백 년 서 있는 참나무도
결국은 헐벗고 말라서 넘어지는
하나의 통나무에 지나지 않지……

그때 저문 들길에는
한 농부가 총총히 마을로 들어가고
까만 까마귀떼들이 날아가는 저문 하늘을
할아버지와 나는 말없이 바라보았다.

어머니의 모습

해질녘 보리밭에 서 있다.
종달새 가파로이 떠오르는 하늘을
마음 곱게 다스려 바라본다.

들키면 큰일 날 새끼를
보리밭에 숨겨놓고
종달새는 애타게 지저귀고 있다.

숨차게 파닥이는 저 몸짓!

나는 갑자기 보리밭에 놓여 있는
새끼 종달새가 된다.

신정읍사(新井邑詞)

아버지는 술집에 계십니다
어머니는 동구 밖 달빛 속에 긴 그림자로 서 계십니다
어머니는 달이 더 높이 뜨기를 빌었습니다
마른 땅만 밟기를 빌었습니다
그러나 아버지는 흙탕물을 뒤집어쓰고 귀가했습니다
이제 고희를 훌쩍 넘긴 나이
이 저녁 아버지는 친구와 함께 술집에 계십니다
아파트 빈방으로 밀물되어 들어오는 달빛에 젖어
암에 걸린 어머니가 아버지를 기다리십니다

시계를 보며

할아버지 할머니의 기억이 멀어진다.
아버지 어머니의 기억도 멀어진다.
나의 유년과 청춘의 기억도 멀어진다.

저 천 가지 만 가지 생각의 문자판 위를
번쩍이는 내일만이 째깍거리며 오고
태어나지 않은 아들 딸 들이 지껄이며 온다.

여행자

기차가 도착할 시간
시끌벅적한 대합실

기차가 떠나고 나면
또다시
고요해지는 대합실

철길이 깔려야만 달리는 기차가 되지 마라
너의 마음에서 철길을 걷어내라

진정한 여행자는 기차를 기다리지 않는다

뉘우침

비가 추적거리는 가을 저녁, 너와 내가 주고받은 수백 통의 편지를 불태워버렸을 때, 편지는 비에 젖어 헤어지기 싫은 이별처럼 잘 타지 않았다. 억지로 태워서 한 줌의 재로 만들었다. 재는 때마침 불어오는 바람에 가랑잎들과 어디론가 사라졌다. 너는 가로등 기둥을 안고 어깨에 얼굴을 묻었다. 그때만 해도 나는 전혀 몰랐다. 세상 밖을 떠나 묘지로 트인 길을 네가 갈 줄을. 오늘은 너와 내가 자주 넘던 만경강이 바라보이는 그 언덕을 넘는다. 멀리 너와 내가 눈여겨 바라보던 강물 위에 하얀 달이 떠오르고, 내가 가야할 한밤의 길이 빈 하늘 내 가슴에 끝없이 펼쳐진다.

너를 보내며

너는 대합실 나무벤치에 앉는다 먼지 묻은 열차 시간표를 더듬는 너의 시선, 얼굴 없는 허전한 너의 모습은 한없이 낯설다 갈 길이 정해진 사람들의 방향을 안내하는 스피커의 쉰 목소리, 너는 기차표를 샀다 주검 같은 너의 얼굴은 나를 향하지 않는다 다만 개찰구 밖으로 멀어져가는 너의 뒷모습만 시린 망막에 맺힌다 불이 꺼진 담배를 입에 물고 멍하니 서서 나의 끝을 보았다

가을 이후

우리들의 녹색 사랑이 갈색으로 변했다
이제 갈색 추억조차 흩날리고 있다

들여다볼 수 없는 사랑을 태워서
한 줌의 재를 뿌린 숲속에
흰 눈이 소복소복 내려 덮는다

당신을 위해서 내가 할 수 있는 것은
사라져간 허망한 날들을
겨울바람으로 울어주는 것이다

귀뚜라미

어찌하여
나는
그리움을 키우는 벌레가 되었습니까?
가을의 끝자락에 나를 벗어놓고
맑은 하늘 끝 빈자리
그 하늘로만 뻗치는
걷잡을 수 없는 그리움을 키우는 벌레가 되었습니까?
어찌하여
나는

들꽃

꾸미고 가꾼 꽃보다
들꽃이 좋아라.

작은 들꽃이 되어
넓은 들을 껴안는
그 넉넉함이 좋아라.

제2부

통닭구이

저놈은 참 불쌍한 놈이다 눈자위에 칼자국 있어 잔인해 보이는 저놈은 이제 무슨 짓을 하려는지 눈알을 부라리며 나를 위협하면서 심문하는 저놈도 가정을 지키기 위함이다 죄 없는 이에게 한사코 죄를 불라며 윽박지르고 있는 저놈도 양심은 있을 것이다 하필 저놈의 직업이 문제다 자리가 보전되고 특진 보상이 따르기에 독하고 험한 짓을 하는 거겠지 생각하다가 사는 방법이 저 짓밖에 없을까 슬퍼진다

심연에서부터 식구들 사랑에 설레다가 막막한 외로움에 너울대면서 가슴의 펄을 드러내고 있는 나는 어쩌란 말이냐 식구들 생활의 늪지대를 흔들어 철저히 망가뜨리는 저놈은 무슨 코끼리 힘으로 나를 옥죄는 것이냐

대공분실 지하실에서 발가숭이가 된 나는 쇠파이프에 매달려 아직은 비명을 지르고 있었다 두 팔목은 노끈으로 묶이고 무릎에 깍지를 끼라고 한 후 쇠파이프를 무릎 아래쪽에 집어넣어 테이블 양쪽에 걸쳐놓고 모진 고문을 하면서 우리보다 월급도 많은데 웬 불평을 그리했냐? 전두환이가

광주에서 만행을 저지른 것을 나도 분개한다 그러나 나도 살아야 한다 위에서 시키니까 어쩔 수 없다 어서 큰 것 하나 내놔라 여기 들어온 이상 너는 그냥 나갈 수 없다 독서 서클이 있다면서? 없습니다 이 자식, 여기가 어디라고 거짓말해! 사실입니다 안되겠구먼! 아, 죽여라 죽여, 민주주의, 아 민주주의, 자유, 자유, 나는 통닭이 되어 뜨거움 속으로 의식이 꺼져가고 있었다

길가 통닭구이 트럭의 쇠막대기에 걸쳐진 발가벗은 통닭이 뜨거운 열에 구워지면서 뱅뱅 회전하고 있는 모습으로 나는 그렇게 구워지고 있었다 내 가슴에 항시 매달린 잎새의 가족과 함께 나의 꿈은 언제나 지상 밖에 있었거늘 나의 싸움은 맥없이 무너졌다 나는 영영 파멸의 인생이 되어 이 사회에 내팽개쳐진다 허리케인이나 쓰나미는 저놈들의 최후를 위하여 필요한 일이거늘 역사는 언제나 저놈들을 비켜간다

왜?

사나운 개의 눈초리에 놀란 가슴은
쉽게 가라앉아 잊히는데
희미한 어둠 속에서 노려보던
고문기술자의 눈빛은
왜 잊혀지지 않는가

염전에서

뼈 시린 노동이
겨울바다 위에 내리는 눈이라고
생각하다가

문득
땡볕과 바람에 단련된 눈물이
흰빛 반짝이는 소금꽃으로
결정된 것이라고
생각하다가

아득한 하늘 끝
일렁이는 수평선 너머
핏빛노을을 한없이 바라보았다

어떤 생애

소 혓바닥을 안주 삼아 소주를 마시면서
평생 갇혀 저항 한번 못하고 살았을 소를 생각한다
긴 혀를 내밀어 초원의 신선한 풀을 뜯어보지 못하고
마른 볏짚이나 독 묻은 사료를 먹고 되새김질하면서
살과 뼈를 온전히 바치는 한 생애를 생각한다

그때 이후

그리움이란 것을
사랑이란 것을
나는 몰랐었네
저 강과 저 산이
그리움이고 사랑이란 것을.

추운 날

암에 걸린 장기수 한 분이 있었다
전향을 하지 않는다고 치료를 해주지 않았다
치료 한번 못 받고 그는 죽었다
죽은 사람의 손에 인주 묻혀
전향서에 지장을 찍었다 그걸 흔들면서
이 빨갱이 새끼들아, 너희들은
전향 안 하고 살아서 못 나가!
장기수 가슴 속 고드름 하나가
누군가의 정수리에 떨어지는
참 추운 날

불나방

한순간만이라도 뜨겁게 살고 싶다

타서 죽을지언정

어둠 속을 헤매지는 않겠다

알

흔들지 마라

흔들면 곯아 썩는다

바르게 세운 뜻

제발 흔들지 마라

패랭이꽃

이
작은
꽃등 하나

세상의 어둠

환히
밝히며

살 수 있거늘

대나무

허공을 가두어

속이 비어 있는 삶을

구태여 채우려 하지 않는다

비워서 더욱 꿋꿋한 허공을 안고

시퍼렇게 뜻을 세우며 산다

목련

내 마음속 참아오던 사랑을
어찌하지 못하여
피어난
꽃

눈부시게
사랑의 기쁨을
어찌하지 못하여
내 마음 밖으로
달빛에 젖은
꽃

참으로 내 사랑
어찌하지 못하여
내 마음 아득한 심연으로
소리 없이 떨어지는
꽃

진달래 1

산 너머 노을빛으로
진달래가 피었다

내 가슴에 남은 그리움은

저렇게 고운 모습으로
진달래가 피었다

무심(無心)

마단에서 닭들이 놀고 있다
오늘 제사상(祭祀床)에 한 마리 올려야 한다
자, 저 가운데 한 마리
아직도 모이를 쪼아 먹고 있다

난초

알맞게 굽어 있다
알맞게 꽃을 피우되
깊은 향을 풍긴다

칡넝쿨

싱싱하고 무성한 줄기와 잎을 자랑하며
잣나무를 타고 오르던 칡넝쿨이었다
칡넝쿨의 아랫도리를 멧돼지가 잘랐던가!
햇빛에 살랑거리던 잎새의 생기는 간데없고
잎이 마른 긴 줄기가 철삿줄로
잣나무에 걸려 있었다
잣나무를 타고 오르려 했던 그 하늘이
바로 시든 칡넝쿨 곁에 있었다

연못

너는 약간 주름진 옷을 입고 있다
바람은 주름을 곱게 다리고 있다
너는 위태로울 때를 위하여
과녁을 숨기고 있나 보다
어쩌다 돌멩이를 던지면
과녁판 부딪는 소리가 난다
그뿐, 테두리에 갇혀 지내는 데 익숙하여
더러 별을 품고 달을 품고 지내기도 하나
바람은 이를 버리라 한다
가끔 갈대가 들여다보기도 하고
큰 나무가 들어와 지내기도 하고
구름이 정처 없이 흐르기도 한다
바람은 이 또한 버리라 한다

벚꽃 그늘에 앉아

햇빛 속에 있자니
그늘진 곳이 그리워
벚꽃 그늘에 앉았다

바람이 아니어도
꽃은 떨어지고
바람이라면
허물어지는 꽃사태

누군들 꽃 피고 싶지 않았겠는가?
저마다 외롭고 쓸쓸하게 시들 때도 있거니
꽃 피워 환한 세상 잠깐인 것을
서럽게 허물어질 줄도 알아야 하리
어차피 꽃 피워 서러운 것을

와불

일어나세요
종말 같은 세상 외면할 텐가요

천지개벽 기다리는 중생을
지치게 하지 마시고
어서 일어나세요

일어날 수가 없다네
왜 그렇죠?

내가 일어서는 날은
중생의 꿈이 사라지기 때문이라네

와! 불이십니다

황혼 앞에서

나는 숯입니다
아직 재가 아닙니다
지긋이 불을 머금고 있는 숯입니다
한때 희망의 참나무로 서 있기도 했지요
톱날에 잘려 누운 좌절의 때도 있었지요
가마 속에 들어가는 당당한 두려움도 있었지요
누군가의 가슴에 불 지피는 정열로 타오르기도 했지요
이제 그 한 몸 식어
다시 뭉근하게 뜨거워지길 기다리는
나는 재가 아닙니다
나는 숯입니다

그믐밤

이 밤은

달도 없고

손가락도 없다

폭포

낭떠러지에서 손을 놓아버렸다
버려서 얻어진
하
늘
길

제3부

독수리

앉아 머물 곳 없는 먼 하늘을 구름의 일부가 되어
자유롭게 날고 있는 독수리를 보라

한 마리 작은 사냥감을 구하는 데도
빛나는 환상으로 날아다니는
높이 날 때의 그 외로움을 아는가

하늘의 정적이 싸안을 때
그는 조용히 지상의 양식을 노린다

이른 새벽빛 날개에서 빛나고
응시의 깊이와 거리를 예민하게 재는
비밀의 눈동자 번뜩인다

사냥감을 발견하고 수직으로 떨어지는
그 고요함과 낙하의 위험을 두려워하지 않는다

위험하게 살 각오가 되어 있어야

무한천공 그 서늘한 심연의 자유를 안다

허수아비

생명이 없다고 비웃지 마라
나는 비바람을 견디고 더위를 이기며
도둑을 몰아낸다
불의에 항거하는 머리띠 없다고
아스팔트 뛰어다닐 튼튼한 다리 없다고
비웃지 마라

나는 불어오는 바람에 온몸을 흔든다
땅에 박힌 몸뚱어리로 터전을 지킨다
그대들은 어디에 서서 무엇을 지키며 사는가
생명 있는 심장은 무엇을 향해 뛰는가

하늘

1961년 가가린이 첫 우주비행을 할 때
흐루쇼프는 물었다
"하늘에는 무엇이 있나?"
"칠흙 같은 어둠이 있을 뿐입니다"

그러나 가가린은 보았는가
지상에는 하늘마저 사고파는
시장이 숨겨져 있다는 것을

단풍

늙고 병들어
죽을 지경 되어서야

젊어 꿈꾸던 혁명이 왔다

아직 시간은
국화꽃 한창인데

아름다운 환상으로
불타오르는, 저것 봐

뒤이어 닥칠
떼죽음이 두렵지 않다

쓰러진 통나무

아직도 해야할 일이 남아 있다
어느 추운 집 온돌을 데울 수 있고
벽난로 불꽃에 두 손을
오므렸다 펴는 사람들의
몸과 마음을 덥혀줄 수 있다
잿가루 되어 채소밭에서
내 모든 것 다할 때까지
아직도 해야할 일 남아 있다
낙엽 깔린 숲속
쓰러진 통나무에 이끼가 푸르다

백조

날개를 접고
작은 호수에 갇혀 안락하다

순간,
총소리에 놀라
날개를 펴다

이제는
온 하늘이 너의 것이다

코끼리

저렇게 덩치 크게 해야 할 이유 무엇인가

큰 눈 껌벅이며 토란잎보다 큰 귀 부채질하며
하루 종일 식물을 먹어치우면서
돌기둥 다리로 버티며 살고 있는,
저 큰 덩치의 고달픈 삶을 생각하다가

평생 돈이나 권력만 키우다 죽는 사람을 본다

비둘기 똥

공원벤치에 앉아 과잘 먹고 있었습니다 어디서 비둘기 한 마리 내 앞에 날아왔습니다 땅바닥을 이리저리 왔다갔다 고갤 이쪽저쪽 갸우뚱하면서 맨땅을 주둥이로 찍기도 하는 동안 나는 비둘기한테 과잘 주지 않았습니다 자리에서 일어나자 비둘기도 날아올랐습니다 금방 내 앞에 비둘기 똥이 떨어졌습니다 다행이다 생각하는 순간, 머리에 비둘기 똥이 정확히 떨어졌습니다 나눌 줄 모르는 놈은 이렇게 당하고 얻어먹고 사는 놈은 항상 이렇게 버릇이 없나 봅니다

두 모습

마당귀 대추나무 한 그루
많은 잎사귀와 열매를 거느리고 서 있다

어느 날
능소화 줄기가 기어오른다
대추나무는 능소화의 꽃 피움을 받아주었다

능소화는 혼자 서지 못하면서
대추나무가 이룬 성취를
덩굴손으로 주저 없이 무너뜨린다

기대어 살면서도 부끄러움 모르고
감히 하늘까지 생각한다

결혼식에 부쳐

기뻐하지 말게
어디 한번 잘 살아보게
삶에서 가장 무거운 짐을 든 날이지

해방과 자유를 포기한 대신에
구속과 의무가 기다리고 있는 길을 향하여
웃음으로 출발하는 날이지

그 웃음에 땀과 눈물이 젖어
노예의 삶을 살 수밖에 없는
그것도 즐거움으로 알고 살아보게나

우거진 숲

욕망의 나무가 서걱거리며 자란다.
불과 연기가 모여 욕망이 물결친다.

이 낯선 숲속에선 길을 분간할 수 없다.
무성한 욕망의 숲에서
때론 길을 잃고 헤매지만
숲은 친절하게 일러준다.
내가 만드는 발자국이 곧 길이라는 것을.

그러기에 발자국을 찾을 필요가 없다.
욕망의 숲속에서
목적지를 욕망하지만 목적지가 아예 없기에
나는 숲을 소유하지 않고 소유한다.

숲은 헛된 분별을 버리게 하면서
온갖 색채가 공존하는 무지개로 풍족하게 나부낀다.

나는 다른 곳으로 간 적 없이 이 숲에 항시 있다.

욕망의 숲에서 비로소 욕망을 잊는다.

다작의 시인에게

항시
지저귀는 참새를
본받을 필요가 있는가

꾀꼬리나 종달새는
한철 노래하고
침묵하거늘

묵언(默言)

홀연 한 생각 움직이면
앞 강물이 일어서고
앞산 숲이 흔들린다

고요히 한 생각 머물면
앞 강물도 지워지고
앞산 숲도 지워진다

너는 말없이 말하고
나는 들리지 않게 듣는다

워낭소리

생수 한 병 손에 들고
농부가 땡볕 아래 잠깐 쉬는 사이

소 목에 걸린 워낭의 딸랑이는 소리가
유난히 크게 들린다

교회 종소리나 사원의
풍경소리보다 더 무겁다

마라톤

달린다
아버지가 달린다
어머니가 달린다
형이 달린다
누나가 달린다
아이들이 달린다
이웃사람들이 달린다
모든 세상사람들이 달린다
끝은 어디인가

낙엽 1

눕고 묻히는 것이
어찌 두렵지 않으랴

마지막 하늘을
고요히 날아본다

진달래 2

서로가 애타는
두쪽 난 가슴 속
저리도 붉지

올해도 꽃모가지가
맥없이 이운다

석류

이미
장벽은 금이 갔다

온몸 가득 황홀하게
가슴 빠개진 모습이여

백두산

그대의 시간 속에는 민족의 운명을 가르는

절체절명의 전투가 있었다

그대의 시간 속에는 항일선열의 풍찬노숙과

우리 민족의 영원할 승리가 있다

뜨거운 심장으로 옷깃을 여미며 그대를 노래한다

식민과 분단의 모진 비바람 속에서

장엄하게 침묵하고 있지만

줄기로 이어진 나는

조국이요 자랑인 그대를 노래한다

그대는 유일한 공간에서 존엄을 떨치고 있다

그대는 나의 하늘이며 꿈이며 별

불안한 평온과 고요의 숨 막히는 긴장 속에

정신을 여기 한데 모아

순수한 열망을 바친다

그대는 세상에서 가장 큰 술잔

온 겨레가 축배의 잔을 들 통일의 날을 기다려

거기 그렇게 솟아 있는 그대여

하나 되는 조국

아득히 먼 곳까지 그 아름다움을 펼쳐

희망찬 미래로 찬란한 빛을 뿌려준다

하늘빛 소망이 담긴 강건한 혈맥에는

우리 민족의 숭고한 염원이 뛰놀고 있다

그대의 품에서 아침마다 찬란한 태양이 떠오르고

눈부신 평화의 내일이 열리고 있다

그대는 이 나라 이 겨레의 희망

봄 따라 온갖 꽃 피어나고 가을바람에 일렁이는 단풍

모든 이 노래하고 춤추는 아름다운 세상

그날을 앞당기자고

온몸으로 그대를 향하여 외쳐 부른다

오 백두산아 사랑하는 내 조국아

우는 사연

귀뚜라미는 가을 하늘 날 수 없어 운다
기러기는 가을 하늘 높아서 운다
사람은 얼빠진 제 몸 섬기며 운다

어린 것들 앞에서

땅 밀고 올라오는 두 떡잎 보아라.

비로소 살랑살랑 흔들리며
연한 햇살에 반짝이는 것 보아라.

백날 지난 아이 침 흘리며 옹알이하는
웃는 모습 보아라.

노란 죽순 같은 이 어린 것들 앞에서
너무 멀어 나는 보이지 않는다

모과

화창한 가을날

정원에 떨어진 모과 몇 개

쓰레기통에 버리기 아까워
방안에 들여놓았다

제 목숨 떠난 뒤
더욱 짙은 향기

나뭇잎 행로

환경미화원이
낙엽을 도로 한쪽으로 긁어모은다

녹음으로 펄럭이던 시절이 쓰레기 되어
청소차에 실려가지만

나뭇잎은 덧없이 살다가
사라지는 것은 아니다

뒤에 남겨진 나무 속에
다시 또다시 나부낄 그날이 있다

물방울 하나

바다에서 물방울 하나 건져 올렸다
이게 바다란 말이지
바다를 거처로 삼은 빗방울이었단 말이지

죽은 빗방울의 하얀 뼛가루가
뿌옇게 바다 위로 뛰어내린다
저렇게 겁도 없이 뛰어드는 것은
속 깊고 넓은 벗임을 알기에
함께 출렁이며 흘러 다니던 벗임을 알기에

저 뼛가루가 아름다운 것은
바다에서 일어서는 하얀 파도가 되었기에
전체 속에 뛰어들어 내가 없기에

나는 바다에서 건져 올린 물방울 하나
다시 전체 안에서 용해되는 바다

시계

재깍거리는 소리
찾아봐도 어디에도 없다

부품을 분해해도
끝내 찾을 수 없다

내 실체는 어디에 있나
부품으로 가득 찬 텅 빈 것이여!

능선에 앉아

자두꽃, 배꽃, 철쭉꽃
어우러져 핀 이 골짜기에
저렇게 아름다운 집이 있었나
더덕 캐러 들어선 계곡 벗어나
산언덕 능선에 앉아 술 한잔하면서
우연히 바라본 그곳
그곳이 바로 내 집이라니

구름찻집

한 사내가 들어와 앉는다
한 여인이 그 앞에 와 앉는다
차 마시고 담배 피우고
떠난 자리에
한 노인 와 앉는다
천장 쳐다보다가
한숨 쉬다가
눈시울 젖은 채
조용히 자리를 뜬다

낙타

스스로 노예가 되었지
누군가에 의해 창조되었다고 받아들이고
기꺼이 노예가 되었지

무릎 꿇어 숭배하고 기도하면서
스스로 많은 짐을 받아들이고
무거운 짐을 진 채 황량한 사막을 걷지

무거운 짐 진 자들아
그대의 어리석음이
그대의 삶을 힘들게 하는구나!

장미

가시가 있다고 탓하지 말라

가시밭길을 걸었기에

마침내
아름다운 꽃을 피웠다

낙엽 2

외로운 사람 어깨 위에는
고운 손을 살며시 얹고
살아 힘든 이의 발걸음 아래에
주저 없이 눕는 이여

밟히면서도
바스락거리는 노래를 부를 뿐
설법 행하지 않으면서
뭇사람 제도하는 이여

짐 내려놓으며

본래 내가 없는데
어찌 먼진들 일어나랴

하물며
누구를 제도하겠는가

부질없는 짐 내려놓았다

돋보기 장난

나는 세상의 굴절된 모습을 곱게 태우고 있다.

풀밭에 누워

나는 다만 지상을 떠다니는 구름입니다.

| 해설 |

아버지의 시

고요히 한 생각 머물면
앞 강물도 지워지고
앞산 숲도 지워진다

너는 말없이 말하고
나는 들리지 않게 듣는다
—「묵언(默言)」 부분

1

연로한 아버지를 모시고 수개월째 대학병원을 오가고 있다. 아버지와 나는 차로 두 시간이 채 걸리지 않는 곳에 떨어져 살면서도 왕래를 거의 하지 않는 편인데, 이번 일을 계기로 부쩍 함께하는 시간이 길어졌다. 우리는 마주 앉아 밥 먹고, (툭툭 끊기는) 대화 나누고, 한집에서 잠이 들면서도 겉돌았다. 아버지와 나 사이에 무슨 대단한 사건이 있었던 건 아니다. 그저 서로의 인생을 살피는 데 어색함을 느낄 뿐. 남들처럼.

아버지의 잠자리를 큰방에 마련하고, 작은방에 들어와 있노라면 어김없이 과묵한 아버지와 살갑지 않은 아들이라는 익숙한 이야기가 떠올랐다. 지난날 아버지의 삶을 어떻게 정의할 수 있을까. 자식은 어느 때에 이르러 이런 질문에 답할 수 있는 것일까. 아니 언제쯤 그 질문을 이해하게 되는 걸까. 언젠가 취기가 오른 아버지가 내 인생을 그대로 적으면 그게 소설이라고 말했을 때 나는 무심히 그렇지 않은 인생이 어딨겠냐고 대답했더랬다. 딴은 솔직하게. 그러나 그 말에는 약간의 적의가 담겨 있었다. 회한으로 점철된 가부장의 삶에 반감이 없는 아들이 있으랴. 그때의 나는 아버지의 인생과 내 인생이 크게 다르지 않을 거라는 사실을 알게 될까 봐 방어적이었는지도 모른다. 또한 아버지도 무서웠을 것이다. 아들에게 들려준 자신의 인생이 정말로 시시한 것이면 어쩌나 하고.

나는 병든 아버지와 시간을 보내면서 그 어느 때보다 아버지의 모습을 입체적으로 보게 되었다. 아버지의 정면과 아버지의 측면과 아버지의 뒷모습. 내가 지켜봐온 것보다 아버지가 더 행복한 인생을 혹은 더 불운한 인생을 살고 있을 거라는 생각 끝에는 늘 아버지의 죽음이 기다리고 있었다.

어둠 속에서, 병을 오래 앓아 가쁜 숨을 내쉬며 잠이 든 아버지와 한방에 누워 있노라면 가슴 한쪽이 뻐근해 쉬이 잠들지 못했다. 그 통증을 어쩌면 시라 부르는 것이기도 하리라. 아버지의 모습이 먼 훗날의 내 모습처럼 여겨지기도 했다. 그 밤. 요와 이불을 들고 작은방으로 건너와, 아버지가 자다 깨기를 반복하며 뒤척대는 소리를 귀 기울여 들으며 나는 "(아버지는) 말없이 말하고 (아들은) 들리지 않게 듣는다"(「묵언(默言)」)라고 읊조려보았다.

2

어떤 시는 아버지를 이해하게 한다.

강상기 시인이 시력(詩歷) 50년을 맞아 묶는 이 시선집 『오월 아지랑이를 보다』에는 한 남자, 한 사람, 아버지의 생애가 고스란히 담겨 있다. 그 아버지는 한 시대를 "통곡하고 싶은 마음으로"(「빈 터」) 바라보며 "이 세상에 불을 지르러 왔다"(「화전민」) 외치는 파수꾼이기도 하고, "생계가 두렵다"(「불귀(不歸)」) 토로하면서도 "오늘 하루도 내 가슴은 더웠다"(「생활」)라고 자신을 위무하는 노동자이며, "유년과 청춘의 기억도 멀어진다"(「시계를 보며」)라고 독백하는, "산언덕 능선에 앉아 술 한잔하면서"(「능선에 앉아」) 더 멀리 내다보는, "그곳이 바로 내 집이라니"(「능선에 앉아」) 하며 자연과의 합일을 꿈꾸는 구도자이기도 하다.

나는 시집 속에서 뜨겁게, 고단하게, 자유롭게 변모하는 아버지들을 지켜보며 "쓰러진 통나무에 이끼가 푸르다"(「쓰러진 통나무」)라는 구절을 내내 가슴에 품고 있었다. 비바람에 꺾인 나무가 아니라 비바람으로 쓰러진 나무. 모든 아버지를 그렇게 비유할 수도 있겠다 싶었다. 또한 우거진 숲의 한 끝에서 고요히 빛을 방사하며 "세상의 어둠"(「패랭이꽃」)을 밝히는 들꽃을 시인이라 불러도 좋겠구나 싶었다. 온갖 상념에서 벗어나 영혼을 가꾸기 위해 애쓰는 사람만이 "서늘한 심연의 자유"(「독수리」)를 알게 되는 것이라고 자문자답해 보기도 했다.

『오월 아지랑이를 보다』는 총 76편으로 이루어져 있고, 그것은 시인의 나이와도 같다. 시인은 아마도 한 편, 한 편이 아니라 한 살, 한 살이라는 심정으로 시집에 들어갈 시, 아니 인생을 골랐을 테다. '내 영혼을 그대로 적으면 그게 바로 시'라고 마음먹으면서. 그런 의미에서 이 시선집은 한 사람의 약전과도 같다. 그러나 시인의 시 세계는 '라떼는 말이야' 하는 식의 고루한 회고에만 머물지 않는다. 그의 시적 화자들은 세계에 조응하고, 세계를 인식하고, 때론 세계와 대결하면서 머무는 듯 나아간다. 그의 시는 오늘날에도 여전히 반복되는 폭압의 광기에 날카로운 질문을 던지고, 인간성의 회복을 이야기하며, 모든 억압에서의 해방을(혁명을) 꿈꾼다. 시인의 세계에서 "저녁에 영혼을 잃고"(「겨울 저녁」) 실려 가던 이는 마침내 유한한 세계에서 벗어나 "떠다니는 구름"(「풀밭에 누워」)의 무한 세계로 확장되어 나간다. 나는 강상기 시인의 아버지들을 통해 비로소 내 아버지의 영혼을 입체적으로 만져보게 됐다.

천양희 시인은 말했다. "젊은 시절에는 높이에 대한 열망으로 산에 대한 시를 많이 썼고 중년에는 깊이에 대한 관심으로 물에 대한 시를 많이 썼으나 지금은 높이도 깊이도 아닌 넓이에 대해 쓰게 된다."(『지독히 다행한』, 창비 2021) 천 시인의 화법을 빌려 말하자면, 강상기 시인의 시 속 아버지들은 젊은 시절에는 뜨거움에 대한 열망으로 시대와의 불화를 외치고, 중년에는 행복에 대한 열망으로 가장의 고단을 노래하고, 노년에는 자유에 대한 열망으로 그 어떤 역할에도 얽매이지 않는 단독자로서의 '나'에 관해 읊조린다. 그러나 언뜻 전형적으로 보이는 이 아버지들의 삶을 강상기 시인의 삶과 겹쳐 놓으면 우리는 '잊힌 아버지'의 모습을 새로이 목격하게 된다.

사나운 개의 눈초리에 놀란 가슴은
쉽게 가라앉아 잊히는데
희미한 어둠 속에서 노려보던
고문기술자의 눈빛은
왜 잊혀지지 않는가

—「왜?」 전문

강상기 시인은 일찍부터 '죽음에(고문기술자)의 눈빛'을 알았다. 시인의 삶을 이야기할 때 결코 빠뜨릴 수 없는 '오송회 사건'으로 인해서다.

1982년, 그의 나이 서른일곱. 공안당국이 군산 지역의 고등학교 교사들을 반국가단체 구성 혐의로 몰아 처벌한 이 허위 조작 사건 때문에 시인은 모진 고문을 받다 구속되었고, 1984년에 출소했다. 그리고 26년 후에, 관련자 아홉 명이 모두 무죄를 선고받으며 마침내 사건의 진실이 명명백백 밝혀졌다. 결코 몇 줄로 정리할 수 없는, 정리되어서는 안 되는, 그러나 역사는 단 몇 줄로 기억하는 이 끔찍한 국가폭력으로 인해 교사 강상기의 삶이, 남편 강상기의 삶이, 아버지 강상기의 삶이, 시인 강상기의 삶이 어떻게 무너졌을지를 짐작하기란 어렵지 않다.

한 인간이 그 자체로 무덤이 되는 일.

시인이 무덤 속에서 건져 올린 생명의 시편들이 우리에게 전하는 감정을 한마디로 명명하기란 불가능하다. 그러나 한 가지 확실한 것은 "바르게 세운 뜻"(「알」)을 흔들지 말라고 항변하고, 눈물을 "흰빛 반짝이는 소금꽃"(「염전에서」)이라 믿으며, "속이 비어 있는 삶을/구태여 채우려 하지"(「대나무」) 않고 국가폭력의 피해자에서 생존자로 거듭나기 위해 죽을 힘을 다한 '시대의 아버지'를 잊어서는 안 된다는 사실.

"가시밭길을 걸었기에//마침내/아름다운 꽃을 피웠다"(「장미」)라고 되뇌는 그 아버지의 목소리가 전하는 다음과 같은 메시지는 오늘을 사는 우리에게도 뜨거운 기운을 선사한다.

"생명 있는 심장은 무엇을 향해 뛰는가"(「허수아비」).

강상기 시인은 지난 2019년 5월, 전라북도문학관에서 자신의 삶과 문학을 돌아보며 "빛이 내 안에 가득 차 있다. 이러한 나를 들여다보고 있는 긴 평화, 긴 기쁨이 넘실거린다. 내 안을 비추는 이 불빛이 열정의 삶이 되고 사랑이 된다. 공허함과 광막한 삶의 끝, 의식 너머에서 나의 시가 온다. 이러한 풍부한 에너지를 바른 방향으로 지향시켜 폭넓고 심오한 삶으로 창조해내는 시 쓰기가 나를 조금은 자유롭게 한다"라고 말했다. '대공분실 이후에도 서정시가 가능할까?'라는 강상기 시인의 절박한 시적 과업은 이제 개인의 사건이나 정서에 머물지 않고 시대와 타자의 아픔으로, 사랑의 가망성으로, 텅 비어 가득한 초탈에의 의지로 나아가고 있다. 이 시선집이 시인이 건네는 마지막 손길이 아니라 첫 손길이라 믿고 싶은 건 무덤이 아니라 빛으로 넘실대는 자유로운 세계 안에서 시인이 건져 올릴 시들이 눈부시게 펄떡일 거라는 것을 믿어 의심치 않기 때문이다.

3

다시 처음으로 돌아가 보자.

시에는 삶의 실상과 허상이 직간접적으로 담긴다. 그 세계는 밝으면서 어둡고, 어두우면서 밝으며, 고요한 듯 소란스럽고, 소란한 듯 고요하다. 썩은 내와 향기를 동시에 진동

한다. 조화롭게. 무릇 인생이 그러하듯.

나는 걸었다
끝없는 길
어디로 연결된 것인지
가도 가도 길이어서
너무 피곤하고 힘들어,
쉼표로 걸었다
그래도 살아 있다는 것이 좋구나!
느낌표로 걸었다
뭐가 중요하지?
물음표로 걸었다
마침내 길 끝에도 길이 있어
줄임표로 걸었다……
나의 따옴표 속에는
"사랑 길 따라 걸었다"
괄호 속에 갇히기 전에

—「순례자」 전문

순례는 종교상의 여러 성지나 의미가 있는 곳을 찾아다니며 참배함을 일컫는다. 순례자는 그러한 순례를 통해 영적 위안을 얻고, 인생의 의미를 발견한다. 문장부호로 인생의 여러 순간을 일갈한 끝에 비로소 사랑과 죽음(괄호)에의 인식에 다다르는 이 시를 읽는 이라면 누구나 한 번쯤은 자신의 생애를 또는 타인의 인생을 문장부호로 복기해볼 것이다. 마치 순례에 동참하기로 마음먹듯이. 나 역시 시를 따라 읽으면서 내 인생의 여러 꼭지를 그리고 내 인생을 선행하는 나의 아버지를 돌아보았다. 돌아봄이라는 시의 출발점. 그러나 시는 끝내 내다봄이라는 종착역에 도착한다. 나와 타인의 삶을 이해하기 위해 우리에겐 '사랑'이 필요하다는 깨끗한 묵언은 무색무취하다. 그러나 목마른 이에게 물 한 잔은 얼마나 위대한가.

4월 19일. 강상기 시인을 처음 만나고 돌아와 나는 유난히 희고 따뜻했던 그의 손을 오래도록 생각했다. 푸른 핏줄이 — 영혼의 흐름이 — 시의 기미가 드러나 보이던 그 손을 잊을 수 없어서, 잊지 않고자 흰 종이 위에 적어 두었다. 시인의 손. 내 아버지의 검고 투박한 손과는 다른 손. 내 아버지는 시인의 손을 갖고 있지 않지만, 그렇기에 시인의 손에서 그 손은 새로이 탄생한다.

김현 | 시인

| 시인의 말 |

1971년 동아일보 신춘문예 시 당선 이후 50년이 흘렀다. 그동안 여섯 권의 시집을 출간했다. 어떤 이유로 해서 펜을 잡지 못한 시간이 길었다. 지금껏 고초를 겪으며 살아온 삶을 뒤돌아보니 눈앞에 안개가 서린다. 이번 50주년 기념으로 내 나이에 맞춰 76편의 시를 소환했다.

내가 갈구한 것은 무엇이었던가? 불가능한 것을 염원하며 살았다. 텅 비어 있지만 자유와 침묵으로 꽉 차 있는 하늘을 염원했다. 세속과 초월 사이를 방황하면서 나의 별을 숨기는 먹구름에 괴로워했다. 그러나 맑은 하늘에 띄엄띄엄 떠가는 구름은 얼마나 한가롭고 여유 있어 보이는가? 내 삶의 뒷모습을 본다.

2021년 6월

강상기

강상기 시선집

오월 아지랑이를 보다

초판 1쇄 발행 2021년 7월 19일

지은이 강상기
펴낸이 강일우
책임편집 윤동희
디자인 장미혜
조판 신혜원

펴낸곳 ㈜미디어창비
등록 2009년 5월 14일
주소 04004 서울 마포구 월드컵로12길 7 창비서교빌딩
전화 02) 6949-0966 **팩시밀리** 0505-995-4000
홈페이지 books.mediachangbi.com
전자우편 mcb@changbi.com

ISBN 979-11-91248-27-2 03810